PUBLICATIONS DE LA RÉUNION DES OFFICIERS

MÉLANGES MILITAIRES
LXIV. LXV. LXVI

MÉMOIRE

SUR

LES FUSILS

SE CHARGEANT PAR LA CULASSE

EMPLOYÉS DANS LES ARMÉES DE PRUSSE, DE FRANCE
ET D'ANGLETERRE

PAR

LE CAPITAINE MERVIN DRAKE

INSTRUCTEUR DE TIR

Traduit de l'anglais

PAR

M. DE PINA

CAPITAINE DE FRÉGATE

PARIS

CH. TANERA, ÉDITEUR
LIBRAIRIE POUR L'ART MILITAIRE ET LES SCIENCES
Rue de Savoie, 6
—
1872

MÉMOIRE

SUR LES FUSILS

SE CHARGEANT PAR LA CULASSE

PUBLICATIONS DE LA RÉUNION DES OFFICIERS

814 — Paris, Imp. H. Carion, rue Bonaparte, 64.

PUBLICATION DE LA RÉUNION DES OFFICIERS

MÉMOIRE

SUR

LES FUSILS

SE CHARGEANT PAR LA CULASSE

EMPLOYÉS DANS LES ARMÉES DE PRUSSE, DE FRANCE
ET D'ANGLETERRE

PAR

LE CAPITAINE MERVIN DRAKE

INSTRUCTEUR DE TIR

Traduit de l'anglais

PAR

M. DE PINA

CAPITAINE DE FRÉGATE

PARIS

CH. TANERA, ÉDITEUR

LIBRAIRIE POUR L'ART MILITAIRE ET LES SCIENCES
Rue de Savoie, 6

—

1872

MÉMOIRE

SUR

LES FUSILS

SE CHARGEANT PAR LA CULASSE (1)

Il a été parlé si souvent dans nos réunions des fusils se chargeant par la culasse, à l'usage des armées, et le sujet a été discuté d'une manière si approfondie, que je ne crois aucune introduction nécessaire à ce que j'ai à dire aujourd'hui. Je me propose d'exprimer de brèves observations sur les armes de ce genre dont on s'est servi dans la dernière guerre qui vient d'avoir lieu sur le continent, et d'essayer de vous exposer la situation de notre propre pays en ce qui concerne les armes choisies pour nos troupes.

Les Prussiens (je commence par eux parce qu'ils ont été les premiers à adopter les fusils se chargeant par la culasse) avaient dans cette guerre et ont encore le fusil dont ils s'étaient servis à Kœniggrätz en 1866, et qui, breveté en Angleterre en 1835, avait été adopté en 1840 pour l'infanterie prussienne.

A cette époque, en Angleterre (qui est, je pense, la contrée la plus avancée du monde·pour les arts mécaniques), on se contentait encore du *brown-bess* (2) et du fusil à silex, en usage depuis plus de cent cinquante ans.

(1) *Journal of the Royal United Service Institution.* 1871. Vol. XV, n° LXIV *bis.* — Séance du lundi 17 avril 1871, présidée par le vice-amiral sir Fréd. Nicholson. Bart. C. B.

(2) C'est le nom de guerre de l'ancien fusil anglais.

Le fusil à aiguille vous est si connu que je crois inutile d'en donner une description détaillée ; je veux seulement en faire remarquer les avantages et inconvénients, mis en lumière par l'emploi qui en a été fait.

Ses avantages sont :

1º La solidité. L'appareil de culasse ne contient que deux pièces, le ressort à boudin et l'aiguille, qui soient susceptibles de se détériorer, et chaque soldat en a de rechange et peut les remplacer facilement.

2º La simplicité. Le fonctionnement dépend de principes mécaniques connus et éprouvés depuis longtemps. Le mécanisme, ainsi que l'a fait remarquer M. Latham, peut être fabriqué par tout ouvrier tourneur et ajusteur ; il se démonte sans la moindre difficulté, et enfin on peut le mettre hors de service en un instant par la destruction du mécanisme. Ce dernier avantage a été spécialement mis en avant par l'inventeur ; mais, pour ma part, j'en fais peu de cas, car je pense que le soldat assez effrayé pour abandonner son arme n'aura pas la présence d'esprit de la mettre auparavant hors d'état d'être employée, quelque facile que cela soit.

3º Il est peu coûteux.

4º Enfin, le fulminate, étant placé en avant de la poudre, est moins exposé à s'enflammer accidentellement que s'il était à la base de la cartouche, et la combustion de la poudre est en même temps mieux assurée.

Passons aux désavantages :

1º Il est lourd ; car avec la baïonnette, il pèse dix livres dix onces.

2º Il est incommode.

3º Il demande, pour charger et armer, deux mouvements de plus que les meilleures armes modernes, et ces mouvements sont difficiles à faire par un temps froid.

4º Il est sujet à des fuites de gaz. Sur ce sujet, le rapport

du comité des armes de main s'exprime ainsi : « Le mécanisme
« de culasse de ce fusil est plus compliqué et plus long à mettre
« en jeu que celui de la plupart des armes examinées par le
« comité... et il y a de grandes pertes de gaz par la cu-
« lasse. »

5° La cartouche est en papier, ce qui est reconnu mauvais
par le comité, « le papier étant exposé à s'avarier par le frot-
« tement, l'humidité ou le contact de l'air. Il est aussi plus
« sujet à s'enflammer par accident que l'enveloppe de la car-
« touche Boxer, qui avait été prise pour type de compa-
« raison. »

J'ai ainsi récapitulé les bons et les mauvais côtés de l'arme,
parce que, quoiqu'elle soit connue de bien des gens, et spécialement des habitués de nos séances, il en a été beaucoup
parlé dernièrement, et il est possible que quelques-unes des
personnes présentes aujourd'hui n'aient pas une connaissance
complète de tout ce qui en a été dit.

Tandis que les Prussiens n'ont usé que d'une seule sorte
de fusil dans cette terrible guerre, leurs adversaires ont été
obligés de recourir à plusieurs systèmes. La plus grande
partie de ceux qui ont été présentés dans ces dernières années figurent parmi les armes qui ont été employées en
France ; mais deux d'entre eux seulement méritent de fixer
notre attention ; ce sont le fusil à tabatière et le Chassepot.

Le premier est, ainsi que notre Snider, une transformation,
et, comme vous le savez, il lui ressemble beaucoup. Il tire
son nom de l'appareil servant à fermer la culasse, qui ressemble à l'ustensile ainsi nommé ; ce qui a donné l'occasion
aux « *joyeux petits pantalons rouges* » de l'accueillir en lui
appliquant la chanson connue :

J'ai du bon tabac, etc., etc.

Le Chassepot, adopté depuis pour l'armée française, a,

comme vous le savez aussi, beaucoup d'analogie avec le fusil à aiguille pour son mécanisme, dont la pièce principale est semblable à un verrou de porte qui opère la fermeture de la culasse. Examinons ses avantages et ses défauts.

1° Il est léger et maniable, ne pesant que 9 livres.

2° Sa balle ne pèse que 380 grains, et la charge de poudre 85 grains. Les munitions ne sont donc ni lourdes ni encombrantes.

3° Il demande pour la charge un mouvement de moins que le fusil prussien.

4° Étant rayé d'après le système Withworth, il conserve une grande justesse aussi loin qu'il peut porter.

5° Il a une trajectoire très-tendue, ce qui est d'une grande importance dans le combat.

6° Il a un cran de repos, ce que l'on cite comme un avantage; mais ce n'est pas mon opinion.

En revanche : 1° il revient à un prix assez élevé; 2° comme pour l'arme prussienne, sa cartouche est en papier; 3° le bout du cylindre d'acier par où passe l'aiguille s'échauffe et rend la charge difficile et désagréable; 4° la rondelle de caoutchouc peut se brider; 5° la cartouche est difficile à bien faire; 6° la composition qui entre dans la capsule, devant être humectée et pressée, offre des difficultés de fabrication; 7° l'arme a souvent besoin de nettoyage; 8° le ressort à boudin s'encrasse facilement et perd de sa force pour pousser l'aiguille (1).

Les opinions émises sur ce fusil, devant le comité des armes de main, par les personnes qui l'ont essayé en Angleterre ou vu employer en France, sont : qu'il est exposé à donner

---

(1) L'auteur semble se démentir plus loin, en prouvant que ce genre de ressort, employé aussi pour le fusil de l'armée anglaise, est excellent et conserve sa force.   (N. du trad.)

des ratés ; que, malgré la tension de la trajectoire aux petites distances, la justesse fait défaut dans les grandes ; qu'il y a perte de forces par suite du vide de la chambre nécessaire pour la combustion du papier de la cartouche, et qu'enfin la rondelle de caoutchouc de la capsule s'attache quelquefois à l'aiguille et reste ensuite dans la chambre. Les membres du comité observèrent par eux-mêmes ces divers inconvénients et eurent plusieurs ratés.

La plupart de ces défauts, cependant, étant dus à l'usage du papier pour la cartouche, peuvent être corrigés par l'adoption d'une enveloppe métallique ; mais le chassepot, il ne faut pas l'oublier, est comme le fusil prussien, selon le système dit *à verrou*, ce qui offre toujours le danger de produire l'explosion quand on pousse la culasse mobile, ainsi que cela est arrivé à sir Henry Halford à Wimbleton.

Quant aux effets de ces deux fusils pendant la guerre, j'ai reçu les renseignements suivants de M. Pratt, qui a été employé comme chirurgien par la Société internationale de secours aux blessés. Il dit « que la légèreté de la balle du chas- « sepot permet au vent de la faire dévier. Le cran du repos « est très-loin d'être une sûreté, et l'on affirme que dans les « camps autour de Metz, on entendait fréquemment des coups « partis au hasard. Des accidents nombreux furent dus à « cette cause. L'arme se salit beaucoup, et l'on voyait souvent « des soldats crachant dans la culasse et essayant ensuite de « la nettoyer avec leurs doigts. » Quoique ce fusil passe pour avoir un tir juste à 800 yards (1) (environ 720 mètres), les hommes n'étaient pas suffisamment exercés, et M. Pratt dit avoir vu de bons tireurs faire feu sans succès contre les avant-postes à 600 ou 700 yards.

Il ajoute : « Je crois que la confiance exagérée des soldats

(1) 1 yard égale 0ᵐ,91438.

« français dans la portée de leurs fusils est une des raisons
« qui leur faisaient gaspiller leurs munitions. Il n'était pas
« rare de voir une fusillade assez vive s'engager à 1,000 ou
« 1,100 yards, sans aucun résultat, bien entendu. » Les fusils
prussiens portaient très-juste jusqu'à 500 yards (450 mètres),
et les hommes, ne commençant jamais le feu qu'à cette distance, conservaient toujours assez de munitions pour le moment redoutable où, n'étant plus qu'à 200 yards, et la cour-
bure de la trajectoire n'influant plus sur le tir, la plupart des
coups atteignent le but. La différence des blessures produites
par les deux armes était frappante. « La balle en olive des
« Prussiens, dit M. Pratt, traverse les chairs de part en part,
« en faisant peu de dégâts. La blessure d'entrée est extrême-
« ment petite, et celle de sortie l'est aussi en général, mais
« se distingue parce que ses bords sont renversés.

« J'ai vu des cas où quatre ouvertures faites par la même
« balle, traversant les deux cuisses dans leurs parties char-
« nues antérieures, étaient toutes moins larges qu'un shil-
« ling, à la sortie comme à l'entrée, et se guérissaient après
« avoir donné seulement un peu de suppuration le long du
« trajet. Dans les cas où l'os était fortement touché, il y avait
« naturellement beaucoup de désordres; mais dans beaucoup
« de cas, c'étaient de simples fractures en travers du point
« frappé, et quelquefois avec de légères exfoliations. » Sur
les effets du chassepot, M. Pratt parle autrement. « La bles-
« sure d'entrée est petite, mais ses bords sont déchiquetés,
« et souvent on peut mettre le doigt dans la blessure de
« sortie. Cela n'a pas toujours lieu, mais il y a constamment
« une blessure assez large et assez grave. Lorsqu'un gros os
« est touché, non-seulement il est brisé, mais il y a des
« éclats sur plusieurs pouces d'étendue en dessus et en des-
« sous du point de fracture ; ce qui ne laisse d'autre res-
« source que l'amputation. »

Ici nous constatons les résultats de la grande vitesse et de la rotation rapide de la balle, ainsi que cela été démontré par les expériences faites, sous les yeux du comité, le 3 novembre 1868, en tirant avec un fusil *Martini-Henry* sur le corps d'un cheval récemment tué. Le coup ayant frappé l'épaule la plus rapprochée, l'os principal fut brisé comme par une légère explosion, et la balle fut extraite de dessous la peau de l'autre épaule avec un morceau d'os qu'elle avait entraîné. J'aurai à parler plus spécialement de la justesse et de la trajectoire du chassepot quand je le comparerai avec les armes du gouvernement anglais.

J'arrive maintenant aux fusils adoptés dans notre armée; mais je me bornerai à examiner ceux de l'infanterie.

En 1864 le général Russel fit au comité un rapport dans lequel il demandait que l'infanterie fût armée de fusils se chargeant par la culasse. En août 1864 on mit au concours la transformation des fusils Enfield, et le système Snider fut adopté. Ce système avait donné de bons résultats au tir de Wimbleton, mais il n'avait pas remporté tout à fait le prix, à cause des munitions, qui étaient défectueuses. Le colonel Boxer inventa alors une cartouche et le colonel Dixon un mécanisme, de sorte que nous eûmes un fusil se chargeant par la culasse au moins aussi bon qu'aucun de ceux possédés par les nations du continent à cette époque, et suffisant pour attendre que l'expérience eût amené à trouver mieux.

En 1866 un avis du secrétaire d'État de la guerre fit appel à des projets de carabine se chargeant par la culasse, à répétition ou non, le Snider-Enfield et la cartouche Boxer étant les modèles que l'on devait chercher à surpasser.

Le comité, présidé par le colonel Pletcher, fit choix, parmi cent quatre systèmes qui lui furent soumis, de neuf modèles qu'il proposa de faire essayer sur six armes de chaque sorte.

La commission s'éclaira de l'opinion de plusieurs officiers spéciaux, d'armuriers et d'autres personnes compétentes, et l'on fit de nouvelles épreuves sur les neuf armes choisies, ainsi que sur quarante-quatre autres présentées depuis. Le résultat fut l'adoption du mécanisme de culasse Martini, du canon Henry et de l'enveloppe de cartouche Boxer avec la bourre et la balle Henry. Deux cents fusils longs, construits d'après ces principes, furent distribués dans l'armée et la marine, et une nouvelle commission fut chargée de surveiller les essais et de collationner les rapports. Elle demanda quelques changements dans le canon, les munitions et la baïonnette. En octobre 1870, vingt-deux armes courtes furent données à expérimenter, et le 8 février 1871 la commission fit son rapport définitif en proposant l'adoption du fusil Martini-Henry, modèle court, à chambre courte en goulot de bouteille, avec la cartouche Boxer, et, pour le service à terre, la baïonnette Elcho.

Ici, je ferai une remarque sur la conduite du gouvernement dans cette affaire, à cause des nombreuses critiques dont elle a été l'objet. Lorsque les armes se chargeant par la culasse occupèrent l'attention publique, une commission fut désignée pour étudier le pour et le contre de leur adoption, et l'on doit se rappeler que les opposants étaient nombreux à cette époque. Le rapport fut favorable. On trouva le moyen d'utiliser le matériel en usage, et en six mois, quarante mille fusils transformés, préférables à tout ce que possédaient les autres nations de l'Europe, furent donnés à notre armée, en même temps que des recherches se poursuivaient pour obtenir un modèle meilleur si c'était possible. La composition de la nouvelle commission chargée de ce travail a été fort critiquée par les inventeurs désappointés et par leurs amis. Cependant de qui était-elle composée? Le président, officier général des gardes, était justement renommé pour son expérience et son bon jugement, et il venait d'assister à la guerre d'Amérique. Pour membres, il y avait deux instructeurs de tir désignés par le général Hay, le président de l'association du tir national, excellent tireur à la carabine, et un gentleman chasseur à tir de première force, ayant gagné la médaille d'or pour le tir des petits calibres, et la médaille d'argent pour le tir Enfield dans le prix de la reine à Wimbleton. C'était certainement une réunion de gens aptes à juger quelle arme il convenait de donner à nos soldats, à nos volontaires et à nos tirailleurs. Dans la seconde série d'expériences, cette commission crut rencontrer séparés le meilleur canon et le meilleur mécanisme ; elle les fit réunir et, trouvant que cela n'avait rien diminué de leurs avantages, elle adopta l'arme ainsi faite.

Les détracteurs dirent alors que cette arme manquerait une fois entre les mains des soldats ; on la donna donc à essayer aux troupes ; des modifications avantageuses furent proposées et essayées, et l'on adopta enfin un type définitif.

Il est à remarquer que la commission qui décida d'après les dernières expériences faites dans l'armée n'était plus la même que celle qui avait fait un choix parmi les premières armes présentées. Le président et un seul des membres avaient été conservés, les quatre autres étaient nouveaux. Lord Spencer avait été remplacé par lord Elcho, qui certes ne pouvait être soupçonné de préférence pour l'arme en question, et, afin de donner satisfaction aux réclamants, on avait adjoint à la commission M. Grégory, dernier président de l'institut civil des ingénieurs. D'autres plaintes furent encore faites, parce que le gouvernement n'avait pas adopté de suite le fusil proposé par la première commission, et l'on disait que c'était une maladresse d'avoir modifié le canon pour la convenance du service.

Cependant, ce que le gouvernement avait à faire étant de fournir à l'armée le meilleur fusil possible, je pense que la conduite tenue en cette circonstance fut parfaitement sensée. Le mieux était de chercher tous les perfectionnements possibles; tous les inventeurs agissent ainsi, et les modèles les plus récents diffèrent en beaucoup de points de ceux qui ont été présentés il y a quelques années. Quant au reproche fait d'avoir donné trop de temps à l'examen et à la décision, n'est-il pas évident qu'il eût été peu sage de créer un outillage coûteux pour fabriquer des fusils auxquels on aurait dû renoncer plus tard, étant admis, bien entendu, que pendant ce temps-là nous ne restions pas désarmés, car nous avions l'excellent Snider dont je vais dire quelques mots maintenant, parce qu'il sera pendant quelque temps encore l'arme de notre réserve.

Le Snider-Enfield est, comme chacun le sait, le canon de carabine Enfield muni d'un appareil de chargement par la culasse d'un système semblable à celui du fusil de Henri VIII, de 1537, que l'on voit à la tour de Londres. Sa portée et sa justesse sont celles du fusil Enfield de 1853, c'est-à-dire assez bonnes jusqu'à 600 yards et mauvaises au delà. Le chargement est simple, sûr et suffisamment rapide, grâce à quelques perfectionnements introduits. La plus grande rapidité a été obtenue par le capitaine Magendie, qui tira quinze coups par minute. Au total, c'est donc une arme dans laquelle nous pouvions avoir confiance en attendant de nouvelles améliorations, et la meilleure qui ait été en usage avant l'adoption du Chassepot par l'empereur des Français.

J'arrive maintenant à la partie la plus intéressante de mon étude, l'arme de l'avenir, la carabine Martini-Henry. Comme tout fusil se chargeant par la culasse, elle se compose de trois choses principales : le canon, la cartouche et le mécanisme, dont je parlerai séparément, quoiqu'elles influent les unes sur les autres et doivent se combiner parfaitement pour faire une bonne arme. Le capitaine Magendie en a déjà parlé ici fort au long, et je n'en ferai qu'une description sommaire, pour les personnes qui ne les connaissent pas.

Le canon est de l'invention de M. Henry, armurier d'Édimbourg ; il est à sept rayures, sa longueur est de 2 pieds 7 pouces 3/4 et son poids de 3 livres 6 onces 1/4. Le pas des rayures est de 22 pouces, tandis que les trois rayures d'Enfield ne font qu'un tour sur le double de la longueur du canon ou 78 pouces. Comme preuve de sa justesse, voici les résultats obtenus en prenant la moyenne de cinq tirs à la cible, de vingt coups chacun : à 500 yards, l'écart moyen fut de 0 pied 95 ; à 800 yards, 1 pied 47 ; à 1,000 yards, 2 pieds 80, et à 1,200 yards, 3 pieds 46. La précision du canon Henry est donc bien établie ; M. Wesley-Richards l'a adopté pour son nouveau et excellent fusil, à la place du système Withworth, dont il s'était d'abord servi.

Le diamètre est de 0.45 de pouce, calibre qui a été reconnu, après de longues expériences, réunir les meilleures conditions pour la trajectoire et la justesse.

Une arme d'infanterie, maintenant qu'il n'y a plus de corps de tireurs d'élite, a deux conditions à remplir : c'est, d'abord, de permettre de compter sur sa portée aux grandes distances, de façon que les tirailleurs habiles puissent empêcher l'ennemi de se montrer à découvert et inquiéter son artillerie, en campagne comme dans les siéges ; en second lieu, d'être meurtrière contre les masses aux moindres portées, ce qui demande une trajectoire très-tendue, car l'attention donnée par les soldats à placer la hausse et à viser ne peut être grande dans le feu d'un combat engagé de près, et l'arme qui sera la moins affectée par la négligence à cet égard sera la

meilleure, toutes choses égales d'ailleurs. A 300 yards, la
flèche de la trajectoire du canon Henry, avec la cartouche
Boxer-Henry, est de 2 pieds 7 pouces au-dessus de l'horizon-
tale, et à 500 yards, de 8 pieds 2 pouces. La balle Henry,
quoique douée d'une moindre vitesse initiale que celle du
chassepot, conserve bien mieux sa vitesse à cause de son
poids. A 150 yards, les vitesses sont presque les mêmes, et
au delà le fusil Henry commence à gagner. A 500 yards, la
balle de ce dernier parcourt 30 pieds de plus par seconde
que celle du chassepot, mais ce n'est qu'à 450 qu'elle la rat-
trape.

Aux petites distances, la trajectoire de la première est la
plus tendue, mais aux grandes c'est le contraire, et cela va
toujours en augmentant. La trajectoire du canon Henry aurait pu être redressée par l'adoption d'une balle plus légère,
comme celle du fusil français; mais la différence obtenue
ainsi dans les expériences n'a pas paru assez avantageuse
pour compenser la perte de précision qui en résultait; car
la balle Henry a l'avantage d'être moins dérangée par le
vent.

La pénétration donnée par cette arme est excellente, ainsi
que le montrent les résultats suivants : la balle Henry a traversé, à la distance de 30 yards, dix-sept planches d'orme
d'un demi-pouce d'épaisseur, éloignées d'un pouce entre
elles; celle du Snider s'arrêtait à la neuvième; à 100 yards,
la première a traversé trois plateaux de sapin sec et un de
sapin vert de 3 pouces d'épaisseur; à 350, elle a traversé un
matelas de 4 pouces de cordes qui avait résisté au Snider à
toutes les distances; à 25 yards, elle transperça un gabion
ordinaire rempli de terre et un cylindre de sapin qui tous
deux avaient arrêté les balles Snider à 10 yards. Enfin, à
100 yards, un sac à terre fut traversé, mais une fois seulement.

On objecta généralement, contre l'adoption des petits calibres pour la guerre, que le projectile serait insuffisant contre l'homme et les animaux de grande taille, attendu, disait-on, « qu'il était bien connu des chasseurs indiens qu'un gros gibier demandait une grosse balle, et qu'un petit projectile « animé d'une grande vitesse ne faisait que traverser les « chairs en faisant une très-petite blessure. »

Les expériences suivantes, faites sur un cheval qui venait d'être tué, prouvèrent que ces craintes étaient sans fondement. A 45 ou 50 yards, une balle Henry brisa le fémur d'une des cuisses postérieures et resta dedans, mais l'os fut mis en pièces. Une autre, à la même distance, frappa près de l'épaule, réduisit en éclat l'os principal, et on la retira de la peau de l'autre épaule avec un morceau d'os qui avait été entraîné. M. Harrisson, vétérinaire, qui était présent, dit à ce sujet : « Les plus petites balles m'ont paru faire les plus « graves fractures, tandis que les grosses étaient sujettes à « s'aplatir ou à contourner les os. »

En voilà assez pour le canon.

Quant au mécanisme qui fut choisi par la commission après de longues et consciencieuses expériences, il porte le nom de M. Frédéric von Martini, Suisse d'origine, qui le présenta. Il avait d'abord été classé le septième, étant réuni à un canon médiocre et à des munitions défectueuses ; il est construit suivant le système à bloc *Peabody*, qui est appliqué aujourd'hui à la carabine Westley Richards et à plusieurs autres armes.

Le bloc ou culasse mobile s'élève ou s'abaisse en tournant autour d'un pivot, et il est mis en mouvement par un levier placé en arrière de la sous-garde. Il contient un ressort à boudin et un piston armé d'un percuteur qui est poussé directement contre l'amorce de la cartouche. Quand on ouvre la culasse, le culot vide est chassé par un petit levier, et l'on

2

arme le fusil en même temps. Au lieu d'un cran de repos, il y a un verrou qui donne la position de sûreté.

Cette arme a traversé d'une manière satisfaisante toutes les épreuves auxquelles on l'a soumise, telles que de l'ouvrir et de la fermer après l'avoir couverte de sable fin, d'employer des cartouches déchirées ou trop sensibles, ou de la manier avec précipitation et sans précaution.

Dans une occasion, après l'avoir exposée à la pluie ou à une humidité artificielle pendant sept jours et sept nuits, on a obtenu 20 coups en 1 minute 3 secondes, le mécanisme jouant avec autant de facilité que si l'arme eût été propre, et l'extracteur du culot fonctionnant bien. Démontée et examinée, la culasse mobile n'avait aucune rouille, et toutes les parties du mécanisme n'étaient que légèrement ternies. Une fois, le capitaine Mac Kinnon a tiré 20 coups en 48 secondes. La cartouche nommée Boxer-Henry consiste en une enveloppe métallique faite en forme de bouteille, pour éviter trop de longueur, et qui contient quatre-vingt-cinq grains de poudre K du gouvernement, Waltham Abbey, n° 9, plus une bourre lubrifiante faite d'une rondelle de cire placée entre deux autres en étoupe. La balle Henry est durcie par un alliage d'un *treizième* d'étain, et elle pèse 480 grains (1).

L'assemblage de ce que nous venons de décrire brièvement forme l'arme adoptée. Elle a été vigoureusement critiquée, et il est intéressant d'apprécier la valeur des reproches qui lui ont été faits. Je les séparerai en deux classes : premièrement, ceux que la pratique a fait naître quand le fusil a été donné aux soldats et aux marins, et en second lieu ceux qui s'adressent au système en vertu de considérations théoriques.

Je vais d'abord examiner les défauts mentionnés dans les

(1) Ce qui fait 31 grammes 20.

rapports des officiers chargés de diriger les expériences. Certaines questions leur furent adressées, et les réponses étaient faites dans les rapports envoyés de mois en mois.

1re QUESTION. *Quels accidents a-t-on constatés?* — R. Il n'y a pas eu d'accidents proprement dits, deux cas où l'arme est partie sans qu'on le voulût ayant été causés évidemment par un dérangement du mécanisme, que le sergent armurier du régiment avait voulu régler lui-même.

2e QUESTION. *Quelles difficultés a-t-on éprouvées pour le chargement?* — R. Beaucoup de plaintes ont eu lieu sur ce chef. Dans la majorité des cas, la difficulté provenait du papier recouvrant la cartouche longue et qui coinçait la cartouche en se repliant, ou parce que celle-ci avait été froissée ou déformée dans la cartouchière. Il eût été cependant facile de la redresser en la plaçant dans la culasse. On signala aussi quelques cas de cartouches avec mauvaises capsules. L'adoption de la chambre courte et de la nouvelle cartouche sans papier paraît avoir remédié à tous ces défauts.

3e QUESTION. *A-t-on trouvé des difficultés à retirer la cartouche de son logement?* — R. Aucune qu'on puisse attribuer à l'arme. A cet égard, cependant, on doit dire que la chambre courte ne donne pas autant de facilité que la longue et demande plus de force sur le levier vers la fin du mouvement.

4e QUESTION. *Le levier s'est-il quelquefois cassé ou faussé, de façon à être gêné dans son feu?* — R. Non.

5e QUESTION. *La rouille a-t-elle gêné le mouvement de la culasse?* — Les réponses à cet égard furent très-satisfaisantes, excepté dans quelques cas, à Montréal, où les fusils étaient restés trois jours entiers exposés à l'humidité et avaient pris de la rouille; et une fois, à Hythe, où un fusil étant resté armé par accident, le percuteur resta collé par la rouille. En revanche, dans d'autres circonstances, le mécanisme a résisté avec succès aux épreuves les plus difficiles, notamment à Rawul-Pindee, où les fusils avaient été exposés pendant quarante-deux heures à une forte pluie, puis à la poussière et au soleil. Trente coups à blanc furent ensuite tirés avec chaque arme sans donner un raté.

Un des cinq fusils que j'avais à essayer ne fut pas nettoyé pendant les mois de décembre, janvier, février et mars ; pendant ce temps, il tira trois mille cent deux coups sans rater. Quand je le démontai, j'y trouvai peu de rouille, mais beaucoup de crasse, qui cependant ne gênait point le fonctionnement.

6ᵉ QUESTION. *Le ressort à boudin a-t-il paru insuffisant ou faible?* — *R.* Avec les premiers fusils grand modèle, il y avait de nombreux ratés, attribués au ressort principal. On découvrit que ces ressorts n'avaient que vingt-six livres de force au lieu de quarante, qu'ils devaient avoir suivant la fixation de M. Martini. On en fit de plus forts et il n'y eut plus de ratés, mais ils donnèrent plus de peine pour charger l'arme. On a, je crois, remédié à cela dans l'arme du nouveau type ; je n'ai pas eu occasion de le vérifier. Pour ma part, je préfère les ressorts doux ; avec les cinq fusils que j'ai eus à essayer, j'ai tiré plusieurs centaines de coups sans avoir un seul raté. Cela dépend, je crois, entièrement de la manière de lâcher la détente.

7ᵉ QUESTION. *Le mouvement du ressort, qui rejette le culot vide, est-il trop brusque?* — *R.* Non ; on l'a, du reste, adouci dans les armes nouvelles.

8ᵉ QUESTION. *La crosse, qui est formée de deux pièces, est-elle solide et rigide?* — *R.* Le boulon vissé se relâchait quelquefois, mais on a remédié à cela dans les derniers fusils (1).

_____

(1) Il est probablement ici question du grand boulon qui assemble le bois de la crosse avec la pièce de fondement du mécanisme.

9ᵉ QUESTION. *Le buttoir de la crosse s'est-il quelquefois forcé ou desserré par l'effet de la chaleur?* — *R.* Cela est arrivé quelquefois, mais la nouvelle crosse y remédiera.

10ᵉ QUESTION. *Le recul a-t-il causé quelques inconvénients?* — Les réponses ont été différentes à ce sujet. Dans quelques régiments on a trouvé le recul égal à celui de la carabine Snider; dans d'autres plus grand, et dans d'autres moindre. Il paraît, en résumé, qu'il serait plus considérable, mais pas assez pour en avoir fait une objection contre le système quand il fut donné à essayer; et il est à espérer que les soldats s'y habitueront facilement.

11ᵉ QUESTION. *Le poids de l'arme peut-il être une objection contre son emploi?* — *R.* Ici encore les opinions diffèrent. La majorité a été cependant défavorable. Le grand modèle pesait neuf livres sept onces. Tous les chasseurs conviendront que, même en poursuivant une perdrix pendant toute une journée, quelque léger que soit un fusil, une différence dans son poids influe sensiblement sur la fatigue; et la guerre est un exercice tout aussi rude qu'aucune sorte de chasse, surtout si l'on considère que le soldat porte, en sus du fusil, sac, hâvre-sac, capote, munitions et bidon. Le comité paraît avoir été de cette opinion, et le nouveau fusil ne pèse que huit livres sept onces et demie. Un fusil du calibre numéro douze pèse ordinairement sept livres.

12ᵉ QUESTION. *La position de la hausse est-elle convenable?* — *R.* Elle est bonne pour le tir, mais on l'a trouvée gênante pendant la marche (1). C'est une question d'équilibre, et le canon ayant été raccourci et allégé, l'inconvénient n'existe plus.

---

(1) En route, les soldats anglais portent ordinairement l'arme suspendue horizontalement dans la main gauche, le bras pendant le long du corps. Cela explique que la place la plus commode de la hausse puisse être une question d'équilibre et de longueur du canon. (*N. du Trad.*)

13e QUESTION. *Le sabre-baïonnette est-il bon pour l'at-taque et la défense?* — *R.* On l'a trouvé généralement bon, excepté en ce que le ressort était gênant; il a été changé, et un nouveau modèle, système Elcho, a été adopté.

14e QUESTION. *Le sabre-baïonnette peut-il servir pour couper du bois?* — *R.* Le premier système n'était pas commode pour cela et blessait la main; le nouveau paraît meilleur.

15e QUESTION. *Les outils de nettoyage sont-ils commodes?* — *R.* On les a trouvés tels; mais la baguette se dévissait pendant le tir. On y a remédié. Plusieurs demandes ont été faites pour avoir des *rácloirs* comme ceux que portent les Américains et les chasseurs. Il y a lieu de prendre cela en considération.

16e QUESTION. *Le tampon pour fermer le canon est-il commode? est-il désirable de l'adopter?* — *R.* Sur ce point, les opinions diffèrent. En lui-même, le tampon est bon; mais plusieurs personnes n'en veulent pas du tout, comme étant une chose dangereuse, et de plus, comme il se perd souvent, il devient une cause de dépense pour les soldats. Il est cependant utile quand on ne se sert pas de l'arme, mais gênant quand on la prend. Ne pourrait-on pas faire des tampons qui resteraient attachés aux râteliers. Si le fusil doit être nettoyé quand le soldat revient de la garde, ainsi que cela est prescrit, ce n'est sûrement pas la pluie, pendant le temps d'une garde, qui peut l'endommager.

17e QUESTION. *Les munitions sont-elles susceptibles de se déchirer ou de s'avarier dans les cartouchières ou pendant les transports?* — *R.* Les cartouches longues se courbaient, les courtes résistent mieux à cela, mais moins bien à l'humidité.

18e QUESTION. *Quels inconvénients y a-t-il eu par suite de cela pour charger et décharger l'arme?* — *R.* Le papier des cartouches longues se repliait quelquefois, mais cela n'arrive plus avec les cartouches en goulot de bouteille (1).

19º QUESTION. *La forme de la cartouche est-elle bonne?* — *R.* Oui la courte est excellente.

20e QUESTION. *Est-il arrivé que les cartouches se coupassent au culot?* — *R.* L'expérience est satisfaisante à cet égard, car cela n'est arrivé qu'une fois avec les nouvelles cartouches.

21e QUESTION. *Les capsules sont-elles tombées quelquefois?* — *R.* Non.

De nombreuses observations ou suggestions ont été faites à propos des diverses parties de cette arme par les officiers chargés des expériences. Pour donner une idée de ce qu'on peut en obtenir entre les mains des soldats, je vais citer quelques-uns des résultats obtenus à Gravesend. Dans le tir individuel, chaque soldat ayant reçu une cible de seconde classe, j'ai trouvé qu'à cinq cents yards un homme habile avait atteint vingt fois la cible en deux minutes.

En mars, j'ai vu un groupe d'officiers chargés des recrues tirer sans exercice préalable; ils n'eurent aucune difficulté à obtenir de très-bons résultats, mais quelques-uns se plaignaient du recul.

Les opinions, en général, furent très-favorables à l'arme, surtout à celle du modèle court. Toutes furent d'accord sur sa justesse (le tir n'était pas dérangé par le vent) et sur la simplicité et la solidité du mécanisme. Des objections se sont élevées contre les lignes de platine qui marquent les divisions de la hausse, et qu'on ne peut voir facilement en tirant quand on a le jour devant soi; mais on peut remédier à cela en faisant une ouverture carrée au milieu du curseur et d'autres plus petites ou de forme différente sur chaque

---

(1) Voir la 2e et la 3e question.   (*N. du Trad.*)

côté. En fait, les inconvénients existant dans les premiers
modèles ont été corrigés et ont disparu.

Tels sont les critiques et reproches que la pratique a sou-
levés. Nous allons passer maintenant à l'examen des objections faites au point de vue théorique. Comme ce ne sont
que des opinions, nous les combattrons par des opinions.

La dernière commission, bien que comptant parmi ses
membres M. Grégory, ancien président de l'institut des ingénieurs civils, prit l'avis de mécaniciens et d'ingénieurs
d'un haut mérite, afin de s'assurer si les critiques adressées
au système étaient bien, comme ses adversaires l'affirmaient
avec tant de certitude, l'opinion de tous les hommes spéciaux. Si elles étaient réellement méritées, il fallait recourir à de nouvelles expériences avant de se décider à approu-
ver l'arme en question. On s'adressa donc à M. Nashmith,
l'inventeur du marteau à vapeur, qui, depuis quarante ans,
pratiquait avec succès la construction des machines ; au docteur Pole, depuis longtemps professeur de mécanique et de
construction civiles au collége de l'Université de Londres,
membre du comité pour l'examen des cuirasses des navires
et des canons Armstrong et Withworth, et qui toute sa vie
s'était occupé d'arts mécaniques ; à M. Woods, membre du
conseil de l'institut des ingénieurs civils, qui avait trente-
cinq ans d'expérience dans la même partie ; au colonel
Dixon, directeur des fabriques d'armes du gouvernement, et
enfin à M. Perry, armurier de grande expérience, employé
depuis seize ans à Enfield. Est-il donc possible de dire que
les témoignages invoqués n'étaient pas suffisants et de sug-
gérer, comme le faisait un certain rapport, que les opinions
émises avaient été influencées par des personnes intéres-
sées.

Je vais examiner une à une les objections que j'ai pu re-
cueillir.

1re *objection*. Toute la force de réaction est supportée par le pivot de la culasse mobile, et si cette pièce faiblit ou tombe, la culasse doit sauter. J'ai entendu dire cela souvent ; mais les opinions des personnes que je viens de citer sont tout à fait contraires, et les faits les contredisent aussi. On a employé des pivots en plomb et ils n'ont point cédé. Dans un régiment on a cité, à propos d'accidents, qu'un pivot étant tombé pour avoir trop de feu, on tira quarante coups sans le remplacer et sans en éprouver aucun inconvénient. Cette objection est donc réfutée par les faits comme par la théorie.

2e *objection*. La position du levier est mauvaise pour agir sur la culasse, et il doit être insuffisant à la soulever et à la maintenir. D'abord, en fait, il est prouvé qu'il l'élève ou l'abaisse parfaitement, et quant à résister au recul, nous voyons que le système Peabody n'a point de support et n'en fonctionne pas moins bien. Voici les opinions sur ce sujet : Le docteur Pole dit que cette pièce ne doit pas être considérée comme levier, mais comme agissant à la façon d'une portion de roue dentée, et que cette disposition se montrant suffisamment solide, il n'y a pas lieu de la changer pour un motif purement théorique. M. Woods dit : « Le levier a une force suffisante pour son travail, c'est-à-dire lever, baisser ou maintenir la culasse mobile, armer le ressort et rejeter le culot. » M. Nashmith s'exprime ainsi : « Autant que je puis en juger, le levier est placé convenablement et a largement la force nécessaire pour les fonctions qu'il remplit, et il n'y a pas à craindre qu'il s'use ou s'abîme. » Le colonel Dixon en appelle à la culasse mobile Peabody pour prouver qu'elle offre assez de résistance ; quand à M. Perry, il n'affirme rien à ce sujet. M. Davidson dit « que le levier est dans des conditions convenables. » Les opinions et l'expérience sont donc favorables à ce système. Personne ne conteste, d'ailleurs, que le levier aurait en plus de force en agissant sur l'autre extrémité de la culasse mobile; mais cela n'était pas nécessaire.

3ᵉ *objection.* Le ressort à boudin est l'objet des reproches suivants : *a*) Il peut se rouiller; *b*) il doit s'affaiblir par l'usage; *c*) au lieu de donner un coup sec, il frappe en poussant; *d*) enfin c'est une innovation substituée à un système connu et approuvé par un long usage.

M. Davidson critique ce genre de ressort en général, il le croit susceptible de se rouiller, de se casser s'il est exposé à un grand froid, ou de s'affaiblir par une haute température. Il pense qu'on ne peut le faire d'une force et d'une matière régulière qu'avec difficulté, et qu'en général on n'en obtient pas un coup frappé vigoureusement, quoique celui du mécanicien Martini, ayant un excédant de force, soit bien suffisant. Il dit encore que son expérience de ce genre de ressort dans les machines leur est défavorable, tous les ressorts en spirale étant susceptibles de se casser plus facilement que les ressorts plats ou coudés; mais il reconnaît que la manière dont il est employé ici est aussi heureuse que possible, parce qu'il emmagasine plus de force qu'il n'est nécessaire et l'utilise bien en agissant sur le percuteur dans la direction même de l'axe du canon; seulement le jeu de cette pièce lui paraît trop limité, ce qui est un détail fâcheux. Il faut observer que ceci est une opinion générale, basée sur les défauts que l'expérience a fait reconnaître dans l'emploi de ces ressorts en certains cas; mais en étudiant mieux la chose, M. Davidson ajoute que ces ressorts étaient grossièrement fabriqués et qu'on aurait pu en tirer un meilleur parti en les choisissant mieux; aussi, en définitive, ne considère-t-il pas l'emploi de cette pièce comme positivement défavorable au mécanisme Martini.

Voyons l'opinion des autres juges. Le docteur Pole remarque que le ressort et le percuteur sont complétement abrités et que la vitesse du coup porté est de trente-cinq pieds par seconde, tandis qu'elle n'est que de trente pieds dans le Snider; que ce système de ressort est employé avec succès pour les tampons des chemins de fer et les balanciers des chronomètres; qu'il est appliqué aussi au levier de la soupape de sûreté *Salter's* des locomotives; et que, certainement, si le temps et l'usage le faisaient varier, on y aurait renoncé. En résumé, il le trouve d'un bon service et dit que son effet est excellent dans une platine, à cause de sa sûreté et de sa bonne direction.

En ce qui lui est reproché d'être une innovation, **M.** Pole remarque que, dans les anciennes armes, il fallait changer la direction du mouvement pour frapper de haut en bas sur la capsule, et qu'il avait fallu recourir pour cela au ressort coudé, au chien et au piston, mais qu'aujourd'hui cela n'était plus nécessaire, puisque la force devait se faire sur la cartouche, dans le sens de son axe.

M. Woods pense que le jeu d'un ressort à boudin est plus exposé que celui des autres à être gêné par la rouille, mais que dans le mécanisme Martini il est protégé contre cet inconvénient; qu'on peut le fabriquer de façon à résister aux variations de température et lui conserver une quantité suffisante de puissance, en lui donnant d'abord deux ou trois livres de force de plus que le nécessaire, fixé à quarante livres.

M. Nashmith est d'avis qu'on peut avoir toute confiance dans ce ressort et dans le percuteur; que l'on peut obtenir un coup uniforme et de la force voulue; que ce ressort est plus durable que le ressort plat; qu'il est moins sujet à se casser, et qu'il y a de très-nombreux exemples de son emploi dans les machines. Il cite entre autres l'appareil de **M.** Ryder, à Enfield, dans lequel un ressort de ce genre frappe trois cent mille coups violents en huit heures et ne s'est pas dérangé depuis dix ans. Il pense que, bien renfermé et lubréfié, il est à l'abri de la rouille, qu'on ne doit avoir aucune inquiétude à son égard, qu'enfin on peut le faire parfaitement homogène, et il expose un procédé pour cela, ce qui assure une action uniforme.

Le colonel Dixon dit : « Plus, moi et mes ouvriers, nous examinons l'action de ce ressort, plus il nous plaît; et il n'y a pas de difficulté à lui donner une force régulière. Il ne coûte qu'un demi-penny au lieu de 1 shilling et 4 deniers, prix des ressorts de platine à Enfield. »

M. Perry approuve le ressort à boudin et dit qu'il est facile de lui assurer une puissance suffisante et uniforme, si le métal est d'une épaisseur et d'une qualité convenables.

Voilà pour les opinions à opposer aux opinions. Voyons maintenant les faits. Ils ne sont pas moins explicites.

a) M. Perry dit que c'est lui qui a visité les mécanismes des armes rendues par les troupes, et quoique les pièces extérieures et les culasses mobiles fussent couvertes de rouille, les ressorts furent trouvés couverts d'huile et aussi nets que quand on les avait mis en place.

b) A Montréal, on exposa des fusils à la température de 15 degrés et aucun ressort ne cassa. Un rapport d'une des garnisons de l'Inde dit que les ressorts s'affaiblissaient vers la fin des expériences; mais il n'en est pas fait mention dans les autres.

c) Le percuteur fait toujours partir la capsule, ce qui est la seule chose nécessaire. Il importe peu que le coup soit sec ou mou.

d) La pierre à fusil a été, dans son temps, une innovation; plus tard le chien et la capsule, puis l'amorce latérale, et enfin la capsule centrale. Une innovation n'est donc pas toujours une mauvaise chose, ou bien nous devrions en revenir aux bassinets et aux fusils à mèche.

4* *objection*. On ne peut, dit-on, obtenir que la force de la détente soit régulière. Le docteur Pole dit que l'effort à faire est de 4 à 7 livres, suivant l'état de lubrification du ressort; mais il ne voit pas de raison pour que cela varie plus que dans les anciennes platines. M. Wood dit que la résistance de la détente dépend de la régularité de la tension du grand ressort et de la dureté des surfaces frottantes, ainsi que de la correction du montage. Nous avons vu que la première condition peut s'obtenir, la seconde existe, comme je le montrerai plus tard, et pour la troisième, on peut s'en rapporter à l'habileté des ouvriers d'Enfield.

M. Nashmith pense que la pression de la détente peut être aussi régulière que dans les anciens fusils. Le colonel Dixon n'y voit aucune difficulté et pense qu'on peut réduire la pression à 3 livres. Son opinion est qu'après un long usage il n'y aura aucune altération. M. Perry est du même avis.

N'ayant aucun fait à citer à propos de ce détail, je me borne à exposer les opinions émises à son sujet.

5e *objection*. Les différentes pièces peuvent s'user et le mouvement se déranger. Je ne m'arrêterai pas à citer les opinions qui réfutent cela. Il y a des pièces de ces mécanismes qui ont tiré jusqu'à 10,000 coups; puis elles ont été éprouvées et comparées avec les modèles par MM. Nashmith et Woods, et aucune d'elles n'a été trouvée sensiblement usée. Le ressort à boudin ayant le plus travaillé était aussi bon qu'en sortant d'Enfield. Cela doit paraître suffisant.

6* *objection*. Le verrou de sûreté peut manquer. Tous les experts disent que c'est là le point faible du mécanisme. Le docteur Pole, tout en jugeant que le principe du cran est bon, dit que le mécanisme est délicat et que le moteur agit d'une façon désavantageuse. M. Woods aussi le trouve délicat et sujet à s'accrocher ; mais il pense qu'on peut facilement y remédier. M. Nashmith pense que le ressort devrait être plus solide. Le colonel Dixon le trouve assez fort, mais il vaudrait mieux, selon lui, ne pas se servir de ce moyen, et il préférerait un mouvement lié à celui du levier de culasse. M. Perry est du même avis.

Les faits paraissent prouver que le verrou de sûreté ne s'est point cassé dans les expériences, excepté quand on avait démonté et mal remonté la platine ; mais cela vient probablement de ce que l'on ne s'est jamais servi de cette pièce. Par ma propre expérience, j'ai trouvé que le verrou avait le défaut de s'engager. Je suis, du reste, de l'avis qu'il n'en faut pas du tout, et qu'un fusil se chargeant par la culasse ne doit jamais être chargé qu'au moment de tirer. C'est là la meilleure *sûreté*. Depuis l'introduction des nouvelles armes, je n'ai jamais autorisé mes hommes à avoir leurs fusils chargés dans les rangs, si ce n'est ceux qui marchent en première ligne. Ce qu'il faut, ce sont des cartouchières d'où l'on puisse sortir très-facilement les cartouches, le temps de charger ne devant être compté pour rien avec le système Martini.

7ᵉ *objection.* La crosse, étant en deux pièces, doit être trop faible. Ici encore je répondrai par des faits. Les expériences d'Enfield ont montré que les fusils Martini et Snider avaient la même solidité si l'on s'en servait comme de massues. Tous deux résistèrent, sans éprouver de dommage, à une chute de 4 pieds 6 pouces, et tous deux furent brisés par des coups violents ; mais avec cette différence que le Martini cassait au boulon ou à la partie la plus mince de la crosse, tandis que le Snider cédait par le travers de la platine, prouvant par là que la partie faible était l'endroit où le bois est creusé pour recevoir le mécanisme. Un changement dans la pièce de métal et dans la manière d'assembler la crosse avec la culasse rendra les nouvelles armes plus solides.

8e *objection*. Le mécanisme est difficile à démonter et à remonter. Le docteur Pole dit à ce sujet : « C'est un peu plus difficile que pour le Snider, à cause du tour de main nécessaire pour sortir la culasse mobile, mais on peut arriver assez vite à l'apprendre. Le mécanisme Enfield demande un crochet (1) pour le démontage, et pour le Martini un tournevis suffit. M. Wood pense que tout simple soldat peut arriver à faire le démontage si on le lui apprend. M. Nashmith dit qu'un homme d'une intelligence et d'une adresse ordinaires peut démonter toutes les pièces, les mélanger et les remonter facilement.

Le colonel Dixon dit que c'est une opération qui demande du soin, et ne pense pas qu'on puisse mettre tout individu à même de la faire; mais il remarque que c'est le sergent armurier, et non le soldat, qui en est chargé. M. Perry pense que les sous-officiers et les soldats intelligents peuvent l'apprendre. Pour moi, ayant eu à instruire des recrues, à monter et à démonter les armes, et l'ayant fait beaucoup moi-même, je suis de l'opinion du docteur Dixon. Il faut beaucoup d'adresse, mais non pas tant pour sortir la culasse mobile que pour la remettre en place; j'ai vu un sergent armurier rester dix minutes sans pouvoir y réussir, quoique ayant l'instruction imprimée sous les yeux, et je dus finir par le faire moi-même. Ceux même à qui on l'a montré ne réussissent pas toujours du premier coup, aussi faudra-t-il ou rendre cette opération plus simple ou y renoncer pour les soldats. Il n'est pas nécessaire d'ailleurs qu'ils la fassent. Si le mécanisme s'encrasse, cela ne nuit ni au fonctionnement ni à la force du coup, et un nettoyage périodique par l'armurier est bien suffisant pour l'entretien des armes.

(1) Peut-être est-ce une pince dont il est question; le mot anglais est *cramp.*

9ᵉ *objection*. Tout le système est contraire aux lois de la mécanique. C'est là le grand reproche tenu en réserve pour écraser ceux qui repoussent les critiques. Je l'ai entendu faire sous la tente d'un armurier, à Wimbleton, par un individu qui se disait ingénieur civil et devant s'y connaître.

M. Nashmith répond à cela, en homme du métier, « qu'il « n'y a rien de contraire aux lois de la mécanique dans un « mécanisme qui fonctionne bien, et que si le but est accom- « pli d'une manière simple et sûre le système est bon; or « ici le but est parfaitement obtenu. »

On objectera, dit-il, « que le levier agit sur le mauvais « bout de la pièce qu'il soulève; mais il en est ainsi dans « le mécanisme du corps humain, où tous les muscles sont « attachés au petit bout du levier que forment les membres, « et cependant ils fonctionnent bien. »

M. Perry dit que le système est le plus simple et le plus solide qu'on puisse avoir, et qu'il en a beaucoup examinés, il ajoute que la force des différentes pièces, leur mouvement naturel et la facilité qu'il y a pour le maniement l'ont frappé lorsqu'il eut à examiner les neuf systèmes proposés en premier lieu comme quelque chose de hors ligne.

En adoptant le fusil Martini-Henry pour le service, nous aurons donc une arme réalisant la justesse aux grandes distances et la tension de la trajectoire, si importante pour les petites; ayant une grande force de pénétration, craignant peu la rouille et l'encrassement, se nettoyant facilement, dont les rayures ne s'usent pas, dont le mécanisme est facile à fabriquer, à entretenir, à monter et à démonter; enfin c'est à la fois une carabine juste, vite chargée, légère, maniable, solide et durable. Mais si nous avons une excellente arme, nos soldats n'ont pas une instruction suffisante pour s'en servir, et il est inutile de mettre un tel instrument entre leurs mains s'ils ne sont pas à même d'en tirer parti.

On a dit souvent que le canon Enfield était assez bon pour l'armée, parce que sa justesse était encore supérieure à celle que pouvaient utiliser les tireurs. La réponse à cela est bien simple : Apprenez aux hommes à bien tirer et élevez leur adresse et leur instruction au niveau de la bonté de leurs armes, au lieu de conserver leur arme en rapport avec leur ignorance. Aurions-nous donc dû garder le *brown-bess* parce que nos soldats étaient de mauvais tireurs? Personne ne conteste pourtant qu'il y ait nécessité, de notre temps, à opposer un fusil rapide et à longue portée à l'artillerie rayée et aux mitrailleuses. Faisons ce qui est nécessaire pour cela. Quatre-vingt-dix coups tirés par an ne sont pas suffisants pour former des tireurs. Demandez à n'importe quel tireur habile, il vous répondra qu'il s'exerce en tirant au moins quatre-vingt-dix coups par semaine. Le fusil Martini-Henry, quoique excellent, a le défaut de tous ceux qui se chargent par la culasse, c'est de faciliter le gaspillage des munitions. Nos soldats ne sont pas supérieurs aux autres à cet égard. Je les ai vus dans les tranchées, pendant une nuit noire, tirer dans l'obscurité, contre un ennemi imaginaire, aussi vite que leurs doigts glacés leur permettaient de recharger leurs *Miniés*. Avec des fusils se chargeant par la culasse, ils auraient eu pour cela une déplorable facilité. Les soldats sont excessivement portés vers cette erreur de croire qu'ils font toujours bien en tirant. Les Français, mal exercés avec leurs Chassepots, paraissent avoir perdu leurs munitions, au dire de M. Pratt. Dans le récit que le colonel Walker a fait de la bataille de Königgratz, nous avons vu que les compagnies prussiennes qui occupaient la lisière sud du village de Rosbéritz avaient épuisé leurs cartouches dans un échange de feux inutile avec les tirailleurs autrichiens placés vis-à-vis d'eux, et furent refoulés dans le village par une attaque qu'ils n'avaient plus le moyen de soutenir, tandis que, le même

jour, cinq compagnies de la garde repoussèrent toute une
brigade. Je cite le passage de ce mémoire, lu le 20 juin 1868 :
« A peine le bois de Lipa avait-il été enlevé par les Prus-
« siens, qu'on aperçut la colonne autrichienne marchant
« contre les hauteurs de Chlum. Il paraissait y avoir une
« brigade entière ; elle traversa la grande route entre Rosbé-
« ritz et Lipa, peu gênée par le feu des Prussiens, et gravit
« le coteau avec un entrain qui lui coûta cher. Les détache-
« ments d'infanterie prussienne de la garde avaient réservé
« leur feu et attendu que les premiers rangs ennemis fussent
« à cent yards au plus de leur faible ligne, composée de
« moins de cinq compagnies ; alors deux salves bien diri-
« gées et un feu de file bien précis de leurs fusils à aiguille
« forcèrent les colonnes à s'arrêter et les chassèrent de la
« grande route, dans la direction de Langenhof. »

On pourrait difficilement trouver deux meilleurs exemples
pour prouver l'importance d'apprendre aux soldats à réser-
ver leurs munitions. Il est possible d'obtenir beaucoup en les
habituant à ne faire feu que sur un ordre et en défendant le
tir à volonté, pour le remplacer par des volées rapides exé-
cutées au commandement ; mais il est certain que dans le
feu de l'action, les préceptes peuvent être oubliés. La meilleure précaution est donc de faire acquérir aux hommes une
pratique suffisante et une confiance complète dans leur arme,
de façon qu'ils comprennent bien qu'un coup mal visé est
perdu, tandis que, réservé pour un autre moment de la journée, il peut sauver leur vie. Cette manière de faire les amène
à ménager leurs munitions, j'en ai l'expérience. Quand je
dirigeais les essais de tir du fusil Martini-Henry, l'hiver dernier, j'avais l'habitude d'opposer deux hommes l'un à l'autre,
en leur donnant à chacun une cible et les laissant tirer deux
minutes. Les nouveaux mettaient toute leur ardeur à tirer le
plus de coups possible, tandis que ceux qui avaient de l'ex-

périence cherchaient à bien viser et avaient un avantage
énorme quand on en venait à comparer les cibles. Bientôt
ils devinrent capables de réunir la rapidité à la précision ;
mais les plus adroits étaient trop habiles pour se presser
jamais dans le but d'obtenir un coup de plus dans le temps
donné, et les meilleurs résultats furent d'environ vingt-deux
coups en deux minutes, à cinq cents yards.

L'opinion publique s'est toujours passionnée pour les questions militaires. De temps en temps, elle s'empare d'une
idée, insiste sur un point et s'endort satisfaite dès qu'elle l'a
obtenu, convaincue que tout est pour le mieux. Durant la
guerre d'Allemagne, les journaux étaient pleins de récits à
sensation sur les Prussiens faisant feu en tenant le fusil ap-
puyé à la hanche, et détruisant des masses ennemies à des
distances incroyables. Le fusil à aiguille était tout ; pourquoi
n'avions-nous pas de fusils à aiguille ? n'avaient-ils pas
gagné toutes les batailles dans cette campagne ? Des expériences furent faites ; l'armée anglaise fut pourvue d'un fusil
se chargeant par la culasse, et l'opinion fut satisfaite.

Loin de moi l'idée de dire que nous ne dussions pas avoir
de bons fusils d'après le nouveau système ; il est évident que
notre heureuse nation, ayant une très-petite armée, devait
lui donner le meilleur armement possible ; mais une fois
cela obtenu et nos hommes bien exercés, il ne faut pas croire
avoir fait tout ce qui est nécessaire. Le résultat d'une campagne, désormais comme par le passé, dépendra d'autres
choses encore que de la question des armes de l'infanterie et
de l'artillerie. Au premier rang je place la discipline, qui
est la base du succès et qu'il est à la mode de décrier parmi
les réformistes amateurs ; ensuite vient la faculté de marcher,
comprenant l'aptitude physique des hommes pour cela et
l'organisation des approvisionnements et transports, que la
rapidité de tir des nouvelles armes rend plus difficiles qu'au-

trefois ; et enfin la stratégie ou l'art de manœuvrer pour rassembler ses forces et surpasser celles de l'ennemi. Le Chassepot est certainement supérieur au fusil prussien en justesse, en portée et pour la tension de la trajectoire, mais il n'a pas sauvé la France ; le Martini-Henry est extrêmement supérieur à tous les deux et aussi bon qu'aucun autre, mais il ne gagnera pas des batailles par lui-même, et son excellence ne peut pas l'emporter sur l'importance des grands principes militaires qui ont triomphé à toutes les époques.

Le commandant Gilmore, R. W. — Je dirai, au sujet des tampons de fusil, que j'ai proposé à l'amirauté, il y a quelques années, une capsule en caoutchouc fermant hermétiquement le canon et le préservant de la rouille. Elle n'offrait aucun danger si, par hasard, on faisait feu sans la retirer.

M. Cornish. — J'ai quelques mots à dire au sujet des fusils Werder (1) et à tabatière dont on vient de parler. Je suis l'inventeur de ces deux systèmes. Le Werder est, je crois, au moment d'être adopté pour le service prussien. Le principe est le même, dans tous ses détails, que celui du fusil que j'ai présenté ici, en 1866, sous le nom de fusil Cornish. Le fusil à tabatière est un composé de ce système et de l'extracteur Snider. J'ai été entraîné à des dépenses considérables à ce sujet par le gouvernement français, et sans la dernière guerre on m'aurait accordé une indemnité au commencement de l'année. Le colonel Fletcher, que je vois ici, connaît mon arme. L'idée de l'extracteur était tout à fait nouvelle quand je la présentai. C'était un levier à lame tour-

---

(1) Le fusil Werder est cité ici pour la première fois.

nant sur un pivot, qui rejetait le culot de cartouche **quand**
on ouvrait la culasse. J'ai plusieurs fois exposé ma réclama-
tion dans les journaux, et jamais elle n'a été contestée. **D'ail-**
leurs la date fait foi.

LE MAJOR GÉNÉRAL BOILEAU. — Le capitaine Drake, **que**
nous venons d'entendre, a donné, relativement à la balle du
Chassepot, quelques détails qui ne sont pas tout à fait con-
formes aux mesures que j'ai prises sur une balle rapportée
d'un champ de bataille avec la permission du gouvernement
prussien, et que j'ai eue entre les mains avec sa cartouche.
Le diamètre de la balle, au sommet du chanfrein conique,
était de 420/1000 de pouce, ce qui est un centième de **moins**
que le calibre du fusil. A la base du cône, le diamètre **était**
de 470/1000 de pouce. Cela a une petite influence sur les
effets de la balle elle-même. J'ai pris ces mesures avec beaucoup de soin pour le cas où l'on en aurait parlé aujourd'hui.
Elles sont un peu différentes de celles qui sont données par
le capitaine Drake, qui a dit aussi, je crois, que le poids de
la poudre, dans la cartouche Chassepot, était de 85 grains
comme dans la cartouche en forme de bouteille adoptée par
nous. Je ne l'ai trouvée que de 81 grains en la mesurant **avec**
soin. En réalité, la cartouche Chassepot complète pèse exac-
tement le poids de notre balle seule, et seulement un **peu**
plus que la moitié du poids de la cartouche dont nous **nous**
servons maintenant pour les fusils, petit calibre, modifiés.
Cela m'a donné occasion de me demander s'il ne serait pas
avantageux d'alléger un peu notre balle, et si, au lieu de
480 grains, il ne serait pas suffisant pour la justesse du tir
qu'elle pesât 437 grains 1/2 (une once avoir du poids au lieu
d'une once *troy*). J'ai réduit des balles à ce poids, en y in-
troduisant une cheville en bois placée au milieu même et

non pas à un bout, pour qu'elles restassent balancées de la
même manière; et, autant que j'ai pu en juger par le tir
fait à Hythe, la justesse s'est accrue. Sans doute, des balles
pareilles seraient trop coûteuses et ne peuvent être adoptées;
mais je pense qu'il serait avantageux de réduire le poids de
nos balles de quarante grains, différence entre les deux sortes
d'onces, et de diminuer la quantité de poudre de quatre-
vingt-cinq à quatre-vingts grains. Ce serait un changement
peu considérable et qui permettrait cependant aux soldats de
porter quatre ou cinq cartouches de plus.

La forme des rayures du canon Martini-Henry a été donnée
comme supérieure à tout ce qui a jamais été essayé; néan-
moins, malgré tous les égards que j'ai pour cette opinion, je
dirai que cela ne s'accorde pas avec les résultats que j'ai vus
depuis au moins dix ans. Je pense que la forme de ce canon
est très-compliquée et contraire aux vrais principes. Il importe peu, comme on l'a observé, que le forcement soit obtenu par le système français, américain, Withworth, Henry
ou Boileau, pourvu que l'on ait un bon canon et une rotation
avantageuse; mais je pense que si l'on veut prouver qu'il y
a un système qui est préférable aux autres, la pratique doit
montrer qu'il y a une meilleure trajectoire et donne plus de
portée. Mon expérience m'a convaincu que mon système de
rayures était au moins aussi bon que celui du fusil Henry-
Martini (autant que les essais ont pu le prouver), et il a l'a-
vantage de ne pas offrir d'angles aigus, où la crasse s'accu-
mule en obstruant le canon. Pour aujourd'hui, comme la
question à traiter est limitée aux modèles adoptés par les
gouvernements anglais, français et prussien, je pense qu'il
n'y a pas lieu de parler des autres. Cependant le Snider étant
un des systèmes employés pour nos troupes, je ne pense pas
qu'il soit hors de propos d'attirer l'attention sur une arme
à petit calibre de ce système que M. Newark a proposée, qui

est en expérience entre mes mains. C'est une carabine du
calibre de 450/1000 de pouce, à huit rayures, suivant mon
système, et avec un mécanisme Enfield perfectionné. J'ai été
chargé par M. Newark, son inventeur, de l'expérimenter, ce
qui sera fait bientôt, je l'espère, avec beaucoup de soin ;
quoique ce que nous avons entendu ce soir prévienne toute
prétention de rivalité. Je suis, en effet, obligé de confesser
que l'arme qui a été faite avec tant de soins et de précautions,
sous la direction d'un comité si éminent et si désintéressé
dans la question, ne peut guère prêter plutôt qu'une autre à
des objections. Je dirai seulement que je désire et j'espère
que cette excellente *pièce*, dans les mains des meilleurs soldats du monde, prouvera, quand elle sera employée, qu'elle
est bien, comme on l'a dit ce soir, le chef-d'œuvre du genre ;
et, sans vouloir porter préjudice à sa fabrication sur la plus
large échelle, je pense que, s'il vient à être prouvé qu'une
autre arme peut être aussi parfaite et aussi solide, l'opinion
publique forcera le gouvernement à en faire faire l'essai, afin
d'en connaître les qualités et les défauts.

LE CAPITAINE DRAKE. — En ce qui concerne les tampons, je
dirai qu'un tampon sur le canon, au lieu d'un tampon dans
le canon, a été proposé par le colonel Dixon et adopté pour
le service.

Je ne savais pas que les fusils Werder et à tabatière étaient
faits sur le même principe ; j'avoue que je n'ai jamais vu le
premier.

Les dimensions des cartouches Chassepot que j'ai données
n'ont pas été prises par moi-même ; je suis tout prêt à ad-
mettre les rectifications indiquées par le général Boileau. La
question de modifications dans le poids de la balle et de la

poudre, et de leur influence sur la trajectoire a été étudiée non-seulement par la commission, mais auparavant par le comité des petites armes. A l'égard des rayures et des mérites du canon Henry, je dirai simplement que les faits dont j'ai parlé ce soir sont basés sur les comparaisons faites entre ce système et ceux qui ont été présentés en même temps. J'ai surtout voulu établir que la commission était bien composée et ensuite qu'elle ne pouvait juger autrement qu'elle ne l'a fait. Qu'une autre arme puisse donner de meilleurs résultats que le Henry-Martini ; c'est ce que je ne puis juger, tant qu'elle n'aura pas été soumise aux mêmes épreuves. Le canon Enfield a été essayé au calibre de 45/100 de pouce, et les résultats ont été inférieurs à ceux du canon Henry. Celui-ci avait d'abord neuf rayures, maintenant il en a sept, et il y a avantage. Je n'ai pas vu le Snider de M. Newark, à petit calibre ; mais j'ai vu le grand modèle au musée de cette institution, sans l'examiner avec assez d'attention pour pouvoir le juger. Le nouveau Snider en diffère sensiblement ; cependant je crois que la complication est plutôt du côté du Snider que du Martini, car il renferme une pièce de plus dans le mécanisme. Il en est ainsi, du moins dans le modèle du gouvernement.

LE PRÉSIDENT. — Je pense, messieurs, que ce que nous a dit le capitaine Drake, si compétent sur le sujet, nous a convaincus que la question de la meilleure arme à donner à notre armée a été consciencieusement étudiée, et j'ai la conviction que le pays est redevable à la commission ou plutôt aux commissions présidées par le colonel Fletcher, pour le soin et l'impartialité qu'elles ont apportés à ce travail. Je ne puis m'empêcher de croire que le temps est venu d'armer tous nos soldats avec un fusil qui a été si judicieusement et si sévèrement expérimenté, quelle que soit la possibilité de découvrir à l'avenir un système meilleur. Je termine en exprimant les remercîments que vous m'autorisez, je suis sûr, à adresser au capitaine Drake, pour son mémoire si bien fait et si méritoire.

LISTE DES PUBLICATIONS

DE LA

RÉUNION DES OFFICIERS

MÉLANGES MILITAIRES

Nᵒˢ 1. L'Armée anglaise en 1871, au point de vue de l'offensive et de la défensive. Paris, Tanera. . . . . Prix : 25 c.

2. Organisation de l'armée suédoise. Projet de réforme. Paris, Tanera . . . . 25 c.

3 et 4. Mode d'attaque de l'infanterie prussienne dans la campagne 1870-71, par le duc Guillaume de Wurtemberg, traduit de l'allemand par M. Conchard-Vermeil. Paris, Tanera. . . . . 50 c.

5. De la dynamite et de ses applications pendant le siége de Paris. Paris, Tanera. . . . . 25 c.

6. Quelques idées sur le recrutement, par G. B. Paris, Tanera. . . . . 25 c.

7. Etude sur les reconnaissances, par le commandant Pierron. Paris, Tanera. . . . . 25 c.

8, 9 et 10. Etude théorique sur l'organisation d'un corps d'éclaireurs à cheval, par H. de La F. Paris, Tanera . 75 c.

11, 12, 13. Etude sur la défense de l'Allemagne occidentale, et en particulier de l'Alsace-Lorraine. Traduit de l'allemand. Paris, Tanera. . . . . 75 c.

14. L'Armée danoise. Organisation. Recrutement. Instruction. Effectif. Paris, Tanera. . . . . 25 c.

15, 16, 17. Les Places fortes du N. E. de la France, et Essai de défense de la nouvelle frontière. Paris, Tanera . . 75 c.

18, 19. De la détermination du calibre dans les armes portatives, par J. L., cap. d'artillerie. Paris, Tanera. 50 c.

43, 44. IDÉES SUR L'ATTAQUE DES PLACES FORTES. Conférence faite à Berlin par le général-major prince de Hohenlohe-Ingelfingen, d'après l'allemand, par A. Klipffel, capitaine du génie. Paris, Tanera. . . . . 50 c.

45, 46. DE L'INSTRUCTION PRATIQUE DE LA COMPAGNIE D'INFANTERIE. Paris, Tanera . . . . 50 c.

47, 48, 49, 50. CONSIDÉRATIONS SUR LA GUERRE DES PLACES FORTES, 1870-1871. Traduit de l'allemand par Couturier, lieutenant au 55e régiment. Paris, Tanera . . . . . . 1 fr.

51, 52. ÉTUDE SUR LES PEINES DISCIPLINAIRES EN CAMPAGNE, par G. D., officier d'état-major. Paris, Tanera. . . . 50 c.

53, 54. HISTORIQUE DES REMONTES DEPUIS LES ROMAINS, suivi d'un projet d'organisation d'une landwehr hippique, par L. L., sous-intendant militaire. Paris, Tanera. . . . 50 c.

55. LE TÉLÉMÈTRE DE CAMPAGNE DU COLONEL RUSSE STUBENDORF, avec planche. Paris, Tanera . . . . 25 c.

56, 57, 58. ÉTUDES SUR LE SERVICE DES ÉTAPES, d'après les renseignements personnels recueillis pendant la guerre de 1870-71 par un officier de l'inspection générale bavaroise des étapes. Traduit de l'allemand par Couturier, lieutenant au 55e régiment. Paris, Tanera. . . . . 75 c.

59, 60. APERÇU DE GÉOGRAPHIE MILITAIRE SUR LE LITTORAL DE LA CONFÉDÉRATION DE L'ALLEMAGNE DU NORD, et étude des mesures de défense prises par les Allemands pendant la guerre de 1870-71 contre un débarquement de troupes françaises, par Dubois, capit. du génie. Paris, Tanera. 50 c.

61, 62. ÉTUDE ET ENSEIGNEMENT DE LA STATISTIQUE MILITAIRE, par Chanoine, chef d'escadron d'état-major. Paris, Tanera . . . . 50 c.

63. COMPARAISON ENTRE LE CANON DE CAMPAGNE ET LA MITRAILLEUSE, par E. Klutschack. Traduit de l'allemand par de La Roque, capitaine d'artillerie. Paris, Tanera . . 25 c.

64, 65, 66. MÉMOIRE SUR LES FUSILS SE CHARGEANT PAR LA CULASSE employés dans les armées de Prusse, de France et d'Angleterre, par le capitaine Mervin Drake, instructeur de tir. Traduit de l'anglais par M. De Pina, capitaine de frégate. Paris, Tanera 75

ENCYCLOPÉDIE MILITAIRE

1. **LES CANONS GÉANTS DU MOYEN AGE ET DES TEMPS MODERNES,** par R. Wille, lieutenant de l'artillerie prussienne. Traduit de l'allemand par MM. R. Colard et S. Bouché, lieutenants d'artillerie. 1 volume in-8º. Paris, Tanera. . 3 fr.

2. **LES MITRAILLEUSES ET LEUR EMPLOI PENDANT LA GUERRE DE 1870-1871,** par Hermann, comte Thürheim, capitaine bavarois. Traduit de l'allemand par E. J. Brochure in-8º. Paris, Tanera. 1 fr. 25

Sous presse :

ÉTUDE SUR LE RÉSEAU DE CHEMINS DE FER FRANÇAIS considéré comme moyen stratégique, par L. de Tromenec, capitaine d'artillerie. 1 vol. in-8º avec carte. Paris, Tanera.

MÉMOIRE sur la permanence de l'armement de défense et sur l'emploi des cuirasses métalliques dans les fortifications d'Anvers, Plymouth et Portsmouth, par le baron Berge, lieutenant-colonel d'artillerie. 1 vol. in-8º avec planches. Paris, Tanera.

GUIDE pour la préparation des plans de marche et des transports de troupes par les chemins de fer, par A. Le Pippre, chef d'escadron d'état-major. 1 vol. in-8º avec planches et carte. Paris, Tanera.

ENTRETIENS MILITAIRES

L'ARMÉE PRUSSIENNE, par M. Lahaussois, sous-intendant militaire. Paris, Dumaine. . . . . 60 c.

HYGIÈNE MILITAIRE, par le docteur Jules Arnould, médecin-major de 1re classe, Paris, Dumaine. . . . . 60 c.

DES TIRAILLEURS, DE LEUR INSTRUCTION, DE LEUR EMPLOI, par M. Herbinger, cap. adjudant-major au 1er prov. Paris, Dumaine . . . . 60 c.

PRINCIPES RATIONNELS DE LA MARCHE DES IMPEDIMENTA DANS LES GRANDES ARMÉES, par M. Anatole Baratier, sous-intendant militaire. Paris, Dumaine. . . . . 1 fr.

DE L'ADMINISTRATION MILITAIRE, par M. Lewal, colonel d'état-major. Paris, Dumaine. . . . . 1 fr.

DE L'ADMINISTRATION MILITAIRE ET DU FONCTIONNEMENT DES SERVICES ADMINISTRATIFS.— Réponse à M. le colonel Lewal, par M. Anatole Baratier, sous-intendant militaire. Paris, Dumaine. . . . . 1 fr.

DE L'AÉROSTATION MILITAIRE, par M. Delambre, capitaine du génie. . . . . 75 c.

DE LA PHOTOGRAPHIE et de ses applications aux besoins de l'armée, par M. Dumas, capitaine d'état-major, chef du service photographique au ministère de la guerre. . 75 c.

INSTRUCTION DE L'INFANTERIE, préparation au service de guerre, par M. Percin, capitaine du génie. . . . . . 75 c.

DE L'EMPLOI MILITAIRE DES CHEMINS DE FER, par M. Delambre, capitaine du génie . . . . 75 c.

DE L'ENSEIGNEMENT DE LA GÉOGRAPHIE, par M. Bourboulon, chef de bataillon. 75 c.

RÈGLEMENTS ÉTRANGERS

RÈGLEMENT DU 3 AOUT 1870 SUR LES EXERCICES DE L'INFANTERIE DE L'ARMÉE ROYALE DE PRUSSE. Traduit de l'allemand par J. Monlezun, lieutenant au 120e régiment d'infanterie. 1 volume in-12 avec figures et planches de musique donnant toutes les sonneries et batteries. Paris. Tanera. 4 fr.

INSTRUCTION DU 9 JUIN 1870, CONCERNANT LE SERVICE DE GARNISON DE L'ARMÉE PRUSSIENNE. Traduit de l'allemand par MM. Samion et Laplanche. Brochure in-12. Paris, Berger-Levrault. . . . . 1 fr. 25

Sous presse :

MANUEL DU SAPEUR D'INFANTERIE. Instruction pratique spéciale, traduit de l'italien. 1 volume in-12 avec cent planches. Paris, Tanera.

INSTRUCTION DE 1870 SUR LE SERVICE EN CAMPAGNE DE LA CAVALERIE DE L'ARMÉE SUÉDOISE. Traduit du suédois par MM. Siwers et Martin. 1 vol. in-12, avec figures dans le texte. Paris, Tanera.

RÈGLEMENT DE 1870 SUR LES EXERCICES DE LA CAVALERIE AUTRICHIENNE. Traduit de l'allemand par V. Zeude, chef d'escadron de cavalerie. 1 vol. in-12. Paris, Tanera.

OUVRAGES DIVERS

ORGANISATION DE L'ARMÉE DE L'ALLEMAGNE DU NORD. Recrutement et libération. Traduit de la 12e édition de l'ouvrage sur l'organisation de l'armée allemande, du général de Witzleben par le commandant Le Maître. Paris, Berger-Levrault. **2 fr.**

COURS RÉDUIT DU TIR, par Borreil, capitaine au 124e de ligne. 2e édition. 1 volume in-12. Paris, Dumaine . . . . . **60 c.**

MANUEL D'HYGIÈNE et de premiers secours, traduit de l'allemand par le docteur Bürgkly. Br. in-12. Paris, Dumaine . . **60 c.**

MANUEL DU SOLDAT. I. Service intérieur. II. Instruction sur le démontage, le remontage et l'entretien de l'arme. III. Notions sur le tir du fusil d'infanterie. IV. Transport des troupes d'infanterie au chemin de fer. V. Notions d'hygiène. VI. Service des places. VII. Service en campagne. 1 volume in-18 cartonné. Paris, Tanera . . . **50 c.**

ETUDES SUR L'ART DE CONDUIRE LES TROUPES (2e partie), par Verdy du Vernois. Traduit de l'allemand par Masson, capitaine d'état-major. 1 vol in-12. Paris, Dumaine, et Bruxelles, Muquardt, 1872 . . . . **2 fr. 50**

LES TRAINS SANITAIRES. Etude sur l'emploi des chemins de fer pour l'évacuation des blessés et malades en arrière des armées, par le Dr Morache. Brochure in-8°. Paris, Dumaine, 1872 . . . . **1 fr. 50 c.**

CONSTRUCTION ET DESTRUCTION DES CHEMINS DE FER EN CAMPAGNE, par Wibrotte. Brochure in-8°. Paris, Dumaine, 1872.

Paris. — Imp. H. Carion, 64, rue Bonaparte.

www.ingramcontent.com/pod-product-compliance
Lightning Source LLC
Chambersburg PA
CBHW071256210626
46818CB00013B/1464